《跳下去的一秒》

The Moment while Jumping Off

在香港，平均每9.3日就有青年自殺。
這驅使我寫下這個故事，
希望可以改變這個冷漠的社會一點點。

奈樂樂 Nalok·Lok

『啪！！』

突然一聲巨響，是重物墮地的聲音，
繼而有人慘叫。

「其實很多人也跳樓，嘿……」
他神經質地笑了一下。

「沒錯，
跳樓很正常……」

他俯身向下看，
眼裡連最後的一絲害怕也消失。
「很快就會結束，別人怎麼想我也沒關係了。」

他閉上了眼，一躍而下。
……

但是劇痛一直未傳來，
連風也感受不到。
「是因為自己太緊張嗎？我是死了嗎？」
他覺得很奇怪，慢慢張開了眼睛。

「你是哪裡不舒服⋯讓我看看吧？」
「你別管啦！我明天就會好的了⋯⋯」

「你是不是偷懶不想上學！
快要考試了！你這樣子不行的！」
媽媽拍著門叫著。

「我就說別管我！拜託，就讓我休息一天吧⋯⋯」

怎料，媽媽已經怒上心頭！
「你這個壞小孩⋯⋯
你不上學的話，你⋯⋯」

對，她又開始罵了……總是這樣……
她連我受了什麼委屈都不知道。

難道我可以告訴她嗎……
不行，被學校知道的話，同學們只會欺負我更多……

好煩……
反正我就不想上學……
我一點也不想呀！！

她根本不明白我！

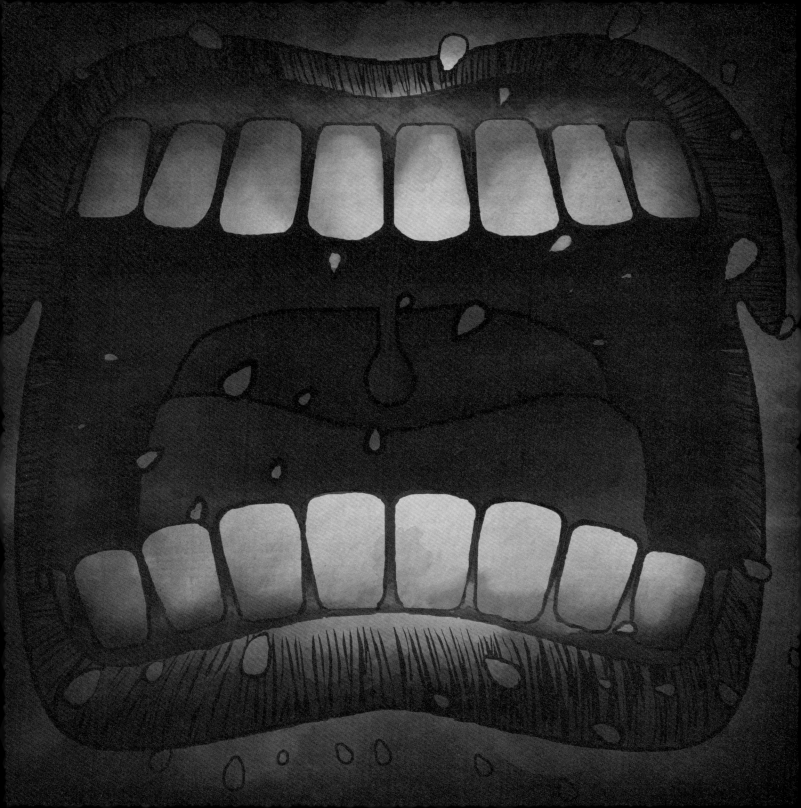

「咦？……」
此時「他」的靈魂又不由自主地
飄去媽媽的房間。
他竟聽見媽媽的心聲……

「究竟他發生了什麼事……？」
「他明明沒有病，卻不想上學，
又什麼也不說……」
她滿面憂愁地看着床上熟睡的弟弟。

她……原來是這麼擔心我……

「媽，其實我在學校被……」
他想開口說句話……
靈魂卻又飄走……

當時間又繼續快進，
這次「他」出現在班主任的房間。

那天，他靜靜地站在房間的角落，
聽著老師與媽媽的對話。

「再這樣下去，你兒子很大機會會留班。」
「我明白你要工作，又要獨力照顧兩個小朋友是很吃力，
但還請你多點督促他努力溫習。」

「老師真是對不起，我會加緊督促他。」
媽媽尷尬地點頭；弟弟也憂心的看著他。

大家離開學校後，
「他」很清楚聽見媽媽的心聲：
「如果……有天我不在的話……就沒有人照顧他們……」

「哥哥快點生性就好了……！」

「不行，我一定要把他教好……！」

所以……
回到家之後……
她才罵得我這麼厲害？

「養你不如養一條狗！」
「你看弟弟比你乖很多！」
「你這樣子將來長大後能做什麼？」

『啪!』
大門猛然地打開!

「我想起來了……」
「他」記得很清楚。
「我那時是飛奔上了天台!」

不一會，他媽媽也追了出去！
但卻以為兒子是往下跑！

「咦？」正當他以為已經看完，
正想離開的時候，卻發現靈魂動不了。

「我怎麼還在這裡？」
「咦？這……是弟弟？」
「他這是要爬去窗邊嗎……？」

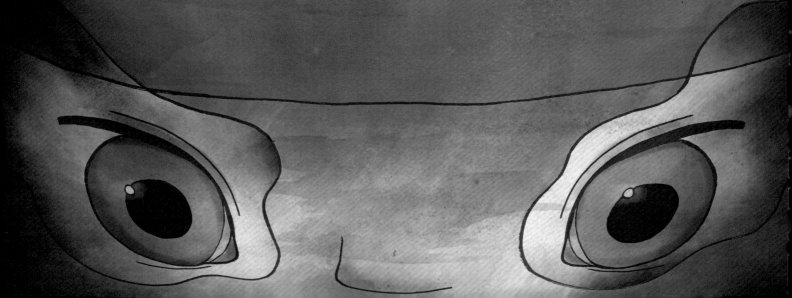

『啪！！』
一聲巨響隨之而來，應該是重物墮地的聲音，
繼而有人慘叫。

轉眼，他的靈魂又回到天台。
「咦！這是……我要跳下去的時候……」
「不……我不要跳了！」
「不要……！」

可是他的身軀，
根本聽不到靈魂的聲音，
一躍而下。

離地面只有一點距離的時候，
身軀又停住了。

他的靈魂漸漸飄近身軀旁邊。
「怎麼了……？要回去了嗎？！
現在才不是返回軀體的時候啊！！」

靈魂慢慢和身軀融合……！

他的眼睛再次打開，
距離眼前的柏油路越來越近！

周邊的東西慢慢開始動起來了。
他的身軀又開始向下墮。
他搖著頭大嚷著：

「我不應該去……！！」

『啪！！』

又一聲巨響接連響起，
血從淹淹一息的身體流出來，
更多路人紛紛過來看過究竟……
……

-完-

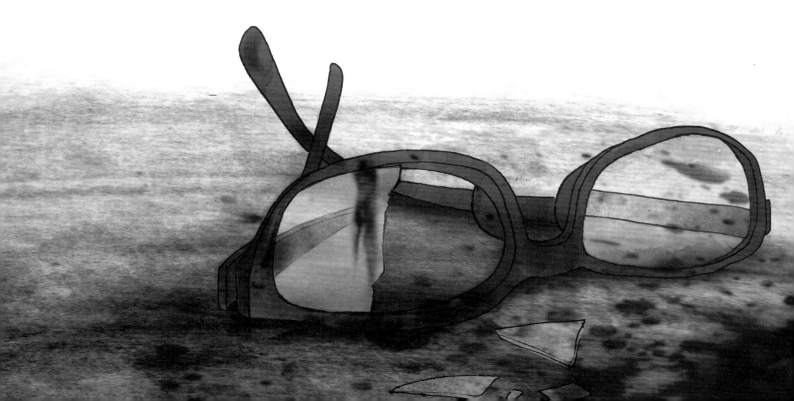

後記：

自殺其實是一個很深奧的課題，

不論是自殺的人，又或是施壓的人，

在香港這個冷漠的社會中，

雙方不難有很多沈重的原因令他們做一些覺得「對」的事。

雖然不是三言兩語就能改變他們的想法，

但至少，我希望這本書能讓他們停下來想一想：

企圖自殺的人可以想想周邊的人與事，

會不會其實看漏了什麼？

如果向別人說出來又有沒有幫助？

他的自殺又會否傷害身邊的人？

亦希望施壓的人，應該要理解對方的感受，

明白到言語和行為可以對他人有很大的影響。

奈樂樂　2018.07.02

心靈勵志1

跳下去的一秒

作　　　者：奈樂樂
美　　　編：陳勁宏/奈樂樂
封面設計：奈樂樂
出　版　者：少年兒童出版事業網
發　　　行：少年兒童出版事業網
地　　　址：台北市中正區重慶南路1段121號8樓之14
電　　　話：(02)2331-1675或(02)2331-1691
傳　　　真：(02)2382-6225
E—MAIL：books5w@gmail.com或books5w@yahoo.com.tw
網路書店：http：//bookstv.com.tw/
　　　　　http：//store.pchome.com.tw/yesbooks/
　　　　　博客來網路書店、博客思網路書店、三民書局、金石堂書店
總　經　銷：聯合發行股份有限公司
電　　　話：(02) 2917-8022　　傳　真：(02) 2382-6225
劃撥戶名：蘭臺出版社　帳號：18995335
香港代理：香港聯合零售有限公司
地　　　址：香港新界大埔汀麗路36號中華商務印刷大樓
　　　　　C&C Building,36 Ting Lai Road,Tai Po,New Territories
電　　　話：(852)2150-2100　　傳　真：(852)2356-0735
經　　　銷：廈門外圖集團有限公司
地　　　址：廈門市湖里區悦華路8號4樓
電　　　話：86-592-2230177　　傳　真：86-592-5365089
出版日期：2019年3月 初版
定　　　價：新臺幣280元整
ISBN：978-986-93356-9-0 (精裝)